AARÓN SOÑADOR, ILUSTRADOR

Para David.
A.B.

Para todos mis compañeros ilustradores,
que cuentan historias con su arte.
D.R.

Título original: *Aaron Slater, Illustrator*
Primera edición: enero de 2022
Publicado originariamente en lengua inglesa en 2021 por Abrams Books
for Young Readers, un sello de ABRAMS, Nueva York
Todos los derechos reservados por Harry N. Abrams, Inc.

© 2021, Andrea Beaty, por el texto
© 2021, David Roberts, por las ilustraciones
© 2022, Penguin Random House Grupo Editorial USA, LLC
8950 SW 74th Court, Suite 2010
Miami, FL 33156

Traducción: Yanitzia Canetti
Diseño de cubierta: Pamela Notarantonio y Heather Kelly
Ilustración de cubierta: © 2021, David Roberts
Diseño: Heather Kelly

Las ilustraciones de este libro se hicieron con acuarelas, lápiz y tinta
sobre papel Arches.

Impreso en México / Printed in Mexico

ISBN: 978-1-64473-443-8

22 23 24 25 26   10 9 8 7 6 5 4 3 2 1

AARÓN SOÑADOR, ILUSTRADOR

Andrea Beaty
Ilustraciones de **David Roberts**
Traducción de **Yanitzia Canetti**

 Beascoa

En el fondo del jardín, cuando el sol se desvanece,

cuando el día se hace noche y la luna se aparece,

por el aire se derrama el aroma del jazmín

y se mezcla con la risa de una música sin fin...

Allí Aarón Soñador todo lo llena y brilla

con su mantita de flores debajo de la barbilla.

Cada palabra, cual música, flota suave, melodiosa.

Para un niño dulce y tierno, va esta canción calurosa

de los árboles que acunan y con su arrullo adormecen

en el fondo del jardín, cuando el sol se desvanece.

Pasa un verano tras otro, y a nadie resulta extraño

que Aarón sea, de pronto, un niño de cuatro años.

El jazmín dio un estirón, las rosas ya han florecido

y Aarón también tiene ahora su patiecito escondido

para sembrar semillas junto a las piedras lisas

que él dibuja a diario con su cubo de tizas.

Pero lo que hace cantar su corazón

es que le lean libros en el viejo mecedor.

"Porque escribir historias", dice él,

"¡es en la vida el mayor placer!".

GARABATOS PARECEN PALABRAS LAS TODAS

Aprender a leer es lo primero

y Aarón pasa el alfabeto con esmero,

pero por más que intenta

no lo logra ni un rato.

Todas las palabras parecen garabatos.

Por más que intenta no lo logra ni un rato.

"¿Por qué me cuesta tanto? ¿Qué me hace fracasar?"

y, a las losas del jardín, regresa a dibujar.

¡Hasta que al fin va a la escuela!

Usa medias color sol,

chaqueta rojo amapola a juego con la ocasión.

Lleva flores al maestro, con renovada alegría,

porque va a saber leer cuando se termine el día.

Pero ese día no lee. Tampoco ese mes ni ese año.

Como el progreso es muy lento, se siente como un extraño.

Le parece muy difícil leer como sus amigos,

¡así que quiere esconderse y pasar inadvertido!

Segundo grado empezó hace un rato

y del color de la luna son sus nuevos zapatos.

Finge que no pasa nada. Sereno, actúa normal

y su enredo de emociones se esfuerza por ocultar.

Hasta ahora, todo bien, porque la maestra es nueva

y está un poquito mareada con la bulla de la escuela,

pero la clase comienza y los niños enmudecen.

Cuando Eva Delgado arranca, no hay dónde esconderse.

—Clase —dice contenta—, hoy tendrán una tarea:

escriban un lindo cuento que emocione a quien lo lea.

Y tal y como se espera, el pequeño Aarón lo hace:

trabaja duro en su historia como el resto de la clase.

Escribe toda la tarde.

Escribe la noche entera.

Y hasta en la madrugada

escribe, ¡y de qué manera!

A rastras llega a la escuela, pues cada paso le pesa,

su estómago es como un nudo y le duele la cabeza.

Espera quieto su turno con temor a una sorpresa.

—Aarón, ahora es tu turno —dice la maestra Eva

y él desdobla su papel, muy nervioso ante la prueba.

Lee... hace el intento,

pero le cuesta empezar

treinta y tres ojos lo miran sin pestañear.

Mira hacia sus zapatos, sus medias color de sol,

cierra los ojos y empieza

a leer en alta voz.

"UNA VEZ... a ver... una vez... había... una flor...

No... Esperen... Creo que es mejor...

¡Había una vez una flor *mágica* que, usada a diario,

daba a quien la tuviera un poder extraordinario!

Así empieza un cuento muy hermoso

sobre un héroe imperfecto, a veces tembloroso

cuando llega la noche y la luna alza el vuelo,

y un inmenso dragón se pasea por el cielo.

Y que, a pesar de todo, muy joven aprende

que para ser valiente no existe una flor siempre.

La belleza y la bondad, el arte y el amor

son los que llenan a la gente de valor.

Y al final de la historia, la flor desaparece.

La maestra Eva llora y la clase se estremece.

Luego se hace un silencio y Aarón siente **pánico**,

se le corta la voz y le tiemblan las manos.

Entrega un papel en blanco, vacío completamente,

las lágrimas se le salen y huye pronto a esconderse

pero la maestra Eva lo busca inmediatamente.

Y allí el tiempo se detiene para ambos.

El niño está muy angustiado,

y su maestra, no tanto.

Está más bien conmovida ante el alma de este artista,

a su genio y su valor no habrá quién se resista.

—Muchas gracias, Aarón—

susurra con emoción.

Cuando Eva se va, Aarón se queda un tiempo

y muy despacito sonríe contento.

Lo hace como antes, cuando libros le leían

y esta nueva esperanza lo desborda de alegría.

Sabe que puede hacer cosas extraordinarias

si las hace a su manera,

¡pues todo el mundo se entera!

Como un fuego poderoso que aleja la oscuridad,

la esperanza es una chispa que enciende la verdad:

su arte lo hace distinto, su arte sirve de guía

y lo ayuda a descubrir lo que antes no sabía.

Su lectura mejora, pero es duro, por supuesto.

Cada día un nuevo logro, ya se siente más dispuesto.

Como todo héroe imperfecto cuando empieza la aventura,

Aarón sabe que esforzarse ya es estar a la altura.

Ahora, en el pasillo, crece un nuevo jardín

con rosas, amapolas y oloroso jazmín.

Hay libros, arte, música y hasta un par de dragones

que andando por el cielo espantan los nubarrones.

El arte hace su historia,

que es dulce y melodiosa;

otras veces, triste, compleja y furiosa.

Al escucharla, el alma se siente complacida.

Apasionada y vibrante, jamás aburrida.

Para todos, por igual, es un espacio de brillo

el jardín del ilustrador, justo al final del pasillo.

ACERCA DE LA TIPOGRAFÍA

El tipo de letra de este libro se llama Dyslexie, y fue diseñado especialmente para personas con dislexia. Para obtener más información, visita Dyslexiefont.com.

NOTA DEL AUTOR

Aarón D. lleva el nombre de Aaron Douglas, pintor, muralista y artista gráfico afroamericano que vivió entre 1899 y 1979. Fue una figura clave en el Renacimiento de Harlem, un importante movimiento literario y artístico de las décadas de 1920 y 1930. Sus influencias artísticas fueron el arte africano, el *art déco* y el *jazz*, y reflejó la vida y las luchas de los afroamericanos. En muchas de sus obras aparecen instrumentos de *jazz* como trombones y trompetas.

Aprender a leer es difícil para Aarón Soñador. Su cerebro tiene dificultad para identificar cómo los sonidos del habla se relacionan con letras y palabras. Tiene dislexia, tal y como le sucede a entre quince y veinte por ciento de las personas. Existen dificultades semejantes: la disgrafía es la dificultad para aprender a escribir y la discalculia es un tipo de dificultad para hacer matemáticas. Algunas personas tienen dificultad para concentrarse, lo que se denomina trastorno por déficit de atención (ADD, por sus siglas en inglés) o trastorno por déficit de atención con hiperactividad (ADHD, por sus siglas en inglés).

Estos problemas de aprendizaje no tienen que ver con la inteligencia, la creatividad, la bondad, la voluntad de trabajar de una persona o su genialidad. Se trata simplemente de cómo funciona su cerebro. Todas estas dificultades (y muchas otras) pueden resultar frustrantes, pero también se pueden abordar con herramientas útiles e instrucciones especiales de educadores y otras personas.

La dislexia de Aarón da información sobre quién es, pero no lo define. Como él, cada uno de nosotros tiene sus propios superpoderes y luchas. Eso es lo que nos hace únicos, hermosos, fuertes e importantes.

NOTA DEL ILUSTRADOR

Como alguien que tuvo problemas con la lectura y la ortografía (y todavía los tiene), ¡rápidamente aprendí a leer y contar historias con imágenes! Una imagen puede jugar con nuestra imaginación, hacernos sentir el calor del sol resplandeciente en un día frío de invierno, o sentir el viento entre las hojas cuando todo está tranquilo y silencioso. Podemos compartir la tristeza o la alegría de alguien a través de imágenes. Contar historias con Aarón a través de dibujos ha hecho de este un libro muy especial para mí, espero que lo disfruten.